남아있는 나날

남아 있는 나날

시인의 말

독신 인생으로 수많은 겨울이 가고
또다시 봄의 언저리로 다가가는
과정에 있다

봄이 온다고 해도
내가 처한 상황들이 어떻게 귀결이 될지
잘 알 수가 없다

나 자신의 잘못이 대부분이지만
누군가의 마음을 얻지 못해서
독신으로 이른 오늘

지금이라도 누군가의 마음을 얻어
결말을 맺고 싶다

또한 문학인으로서
성공의 길로 다가가서

오래 기다려 갈고 닦아
늦게 빛나는
대기만성형 인간이 되고 싶다

차례

제1부

남아있는 나날

상실과 포기

인간은 살아가면서
개개인의 상황에 따라
서서히 예정된 시간에 따라서
때로는 예고 없이 갑작스럽게
어떤 상실에 맞닥뜨리게 된다

돌이킬 수 없는 상실에 직면해서
포기해가는 과정을 겪게 되지만
가장 중요한 것은
상실의 순간이 다가오기 전에
이 모든 것을 소중하게 생각하고
가치 매김을 명확히 하여
후회 없는 삶을 살아가는 것이다

남아있는 나날

젊은 날의 사랑은 지나갔지만
나의 남아있는 날들에도
희망은 있다

적절한 작품이 발표되고 선택되어
나의 마음을 되짚어보게 한 제목
우리 삶의 가치를
일깨우게 하는 작품
남아있는 나날

피폐해진 삶에 빠져
절룩거리며 세월을 흘려보내고
아직도 기회는 있겠지만 나에게 남아있는 나날은
얼마만큼일까 하고 헤아려본다

우리들의 삶에 있어서
세월 속에 있는
한정된 인생의 소중함을
잘 인식하지 못하는 경우가 많다

잘 알 수는 없지만
우리들의 교감이 숨어있는 작품
남아있는 나날

남산 산행

새해를 맞이하여
남산을 산행했다
도로가의 소나무 주변에도 산허리에도
곳곳에 잔설이 남아 있고
음지에는 얼음도 얼어 있다

충무로에서 시작하여
높이 솟은 둥근 육교를 지나서
터널도 지나고 구부러진 길을 걷고
길게 이어진 계단 지역을 넘어서
정상에 도착했다

정상에 도착하여
서울의 정경을 내려다보며
혼돈스러운 마음에 빠졌다

이렇게 하기도 어렵고
저렇게 하기도 어려운
복잡한 상황의 심경을 가슴에 품은 채
새해 소망의 마음을 열고 지향해 가며
오랫동안 남산 정상에서 머물렀다

일생을 바칠 일

자신을 바칠 큰 일을 위해서는
작은 것을 희생할 각오를 해야 한다
얻는 것이 있으면 잃는 것도 있는 것이다

일생을 바칠 일이 있다는 것
그것 자체만으로도 의미 있는 길
좋은 선택인 것이다

잡다한 많은 일상을 겪으면서도
그 모든 것이
결국 한곳으로 집약되어 있다고 한다면
그 과정도 큰 길의 일부이리라

자신이 하지 못한 다른 길을
때때로 했으면 어땠을까 한다 하더라도
그것조차도
자신이 이룬 그림의 한 형태이다
그것을 위안으로 삼고 다스려
스스로 만족해야 한다

문학인 독신자들

저 멀리 아득한 곳에 빛나는 별처럼
영원히 반짝거리는 존재가 되고 싶어서
행복으로 이어지는 본능적인 많은 것을 망각하고
현실적으로 목마른 고갈된 길을
기꺼이 걸어가는 인간이 있다

다른 길을 걸었다면
훌륭한 신랑감 신붓감이 되었을 텐데
일반적으로 먹을 수 없는 열매에
사람들이 관심을 가지지 않듯이
기피하는 서글픈 존재가 되었다

독신으로 노년기에 이르러
돌보아 줄 파트너도 자식도 없어 외로운데
아무도 알아주지 않는 자신의 작품들을
죽은 자식 매만지듯이 손으로 쓰다듬으며
하염없이 길게 한숨짓는
인간이 있다

성원

오랜 세월 동안 어둠 속에서
외롭게 조명받지 못한 채 살아왔지만
언제부터인가 조금씩
나를 성원하는 사람이 있다는 것을
깨닫고 느끼게 되었다

유명한 그 시인처럼
대단하게 홍보되지도 않고
조직적으로 성원하지도 않고
다각적으로 많은 면을 할애하는 것은 아니지만
알 듯 말 듯한 언어로
조금씩 나를 성원하는 듯한 표현이 있다

얼마나 용기를 주는 표현인가
가뭄에 단비 같은 그 행위가
너무나 신선하게 느껴져 기쁘다

종족 번식 욕구

종족 번식을 하기 위해서
알을 낳기 위해서
너무나 먼 거리를 헤엄쳐 와서
회귀하는 연어도 있고
모래 속에 알을 낳아 새끼로 부화하는
바다거북도 있다

예상하지 못한 기발한 방법으로
종족 번식을 유지하는
생물도 있다

종족 번식을 위해 애쓰지만
어려움에 처한 인간을 위해
갖가지 방법을 모색하는 의학 연구진이 있고
의료기술을 통해서
끈질기게 종족 번식을 추구하는
인간이 있다

이러한 것들을 지켜보면서
자신은 종족 번식 욕구를 느끼고
어느새 닮아간다

장미과의 식물

어느 공원에
장미과의 식물이 길가에 가득하다
종류별로 색깔별로 경계선을 만들고
아름다운 꽃의 자태를 드러낸다

군중 속의 갑남을녀처럼 평범한 대상이 아니라
유명인처럼 주목받는 꽃이다
산과 들에 아무 곳에나 존재하는 들꽃이 아니라
소중히 여기는 귀한 꽃인 것이다

찬란한 계절을 맞아
저마다의 색깔과 의미로
사랑의 마음을 전해주던 꽃이
지금은 시들이 퇴색하고
이파리와 꽃대만 푸르른 겨울

이제 차가운 계절을 이겨내고
꽃으로 다시 피어날 다음을 꿈꾼다

독신과 결혼

독신은 움직이지도 않고 게으른
가장 편하고 자연스러운 상태인 것이다

소극적인 인간에게 독신은
사랑을 하더라도
사랑을 실현하지도 않고
아무것도 하지 않는
더 쉬운 것이다

독신은 중요한 것도 귀찮은 것도 하지 않고
선택을 하지 않는 것이다

독신은 선택을 하지 않음으로서
선택의 여지가 있는
우월한 상태인 것이다

결혼은 여러 가지 고민스럽거나 어렵거나
갈등이 있을 수 있음에도
적극적인 선택을 한 결과이다

그럼에도 불구하고
대부분의 사람들이 결혼을 하는 이유는
인간은 원래
힘든 과정을 거치더라도
무언가를 이루어내고 창조하고
생산하려고 하는
능동적인 존재인 것이기 때문입니다

청춘이 압사한 골목

정열을 분출하려는 젊음의 마음을 품은 채
할로윈 축제일을 맞아
청춘의 느낌을 가진 이태원에 모여들었다

오려는 사람 가려는 사람
마음은 비슷할진대
좁은 골목에 갇혀
발 디딜 틈 없는 인산인해의 압박으로 쓰러졌다
아수라장이 되어
아비규환의 지옥으로 변했다

수많은 청춘들이 압사한 죽음의 장이 되었고
많은 날들이 지난 지금
젊은이들이 죽어간 그 골목에
눈이 내린다

추모의 마음으로 누군가가 두고 간
국화꽃은 시들고
수많은 메모지도 추위에 떨고 있고
그날의 슬픔을 덮으려는 듯이
말없이 새하얀 눈이 내린다

누구나 안전하게 살아갈 권리가 있는 것인데
이 모든 것이
우리들의 책임이리라

춤꾼들

후끈한 음악의 열기 속에서
쌍쌍이 어울려 콜라텍에서 춤을 추는 사람들
그들 각자의 사연도 다양하다
평범한 가정을 유지하고 사는 사람들도 많지만
나름대로의 사연으로
홀로 된 사람도 있다

때로는 사정이 있어
일시적으로 춤을 멀리하는 경우도 있지만
많은 사람들은 한번 배운 실력을 버리지 않고
잊지 않고 춤세계로 돌아온다
춤꾼들인 것이다

춤꾼으로 떠돌아온 세월속에서
자신을 잘 돌보지 못해서
홀로되어
가난한 삼류인생의 떠돌이로
살아가는 사람들도 많다

남자 고수들은
춤 실력으로 인기를 얻은 것을 이용하여
여자파트너에게 좋은 대우를 받으려고 하는
이기적인 사람이 있다
속칭 제비족이다

춤세계도 많이 변화되어 비교적 건전해졌지만
오래된 풍토가 쉽게 없어지지 않는다

오늘도 주말을 맞아
모든 것을 잊고 음악에 몸을 맡겨
춤의 세계로 빠져든다

컬렉터

누구나 아름다운 것을 좋아하겠지만
나 자신도 미적 감각이 있어서
예쁜 것을 보면 갖고 싶어한다

너무나 가난하게 살아서
생존에 꼭 필요한 정도로만 겨우 옷을 샀는데
조금 마음의 여유가 생기자
예쁜 옷에 탐을 내어
사 모으는 습관이 생겼다

의상 구입 비용이 부족해서
지하세계로 흘러들어오는 싸구려 비품을 위주로
구매를 하지만
세월이 갈수록 옷이 많아졌다

일 년이 다 가도록
한 번도 입지 않은 옷들이
입어달라고 손짓을 하는 것만 같다

취미생활이란 스스로 즐기는 마음이 중요하지만
또한 절제도 필요하다
컬렉터로서의 나의 행동도 그렇지만
우리 인생의 대부분에서도 마찬가지이다

허기진 마음 달래기

마음이 허기질 때에는
몽환적인 작품을 보러가자

그 작품을 통해서
채워지지 않는 마음을 달래자

지켜보는 사람

나는 유명인으로서
지켜보는 사람이 있다

휴대폰 메모창에 메모를 남기면
누군가가 나를 지켜보고 있다는
느낌을 받는다

무언가 검색을 할 때에도
동영상을 시청할 때에도
지켜보는 사람이 있지 않을까
생각하게 된다

인터넷세상의 나의 움직임
에스엔에스의 표현
나의 행동과정과 개인정보가
나도 모르는 사이 어느새
거대한 알고리즘에 얽혀
떠돌면서 조종당할 수 있다

실재하는 세계와 가상의 세계

인스타그램으로 동영상을 보는데
실재하는 세상과 가상의 세상을
구분하기가 너무나 어렵다

동영상에 존재하는 인간마저도
가상의 인간인지 연출된 실제 인간인지를
구분하기가 어렵다

완벽에 가까운 촬영기술의 발전으로
너무나도 정교하고 섬세해
모든 것이 현실적인 것처럼
느껴지는 것이다

무서운 세상에 사는 것이다
일생일대의 중대한 사건에 휘말린다고 가정할 때
중요한 증거인 동영상마저 조작되어
왜곡된 증거로 인하여
희생될 수도 있는 세상이
올 수도 있는 것이다

옹이

나무는 옹이가 있어서
나무답다

사람에게도 옹이가 있다
나에게는 얼마나 많은
옹이가 있을까

옹이가 없는 사람도
있을까

상록수

사계절 동안
변화를 거듭하는 나무도 좋지만
항상 푸르른 상록수도 좋다

일생을 통해서
굴곡 있는 삶을 살아온
내 인생도 좋지만
변함없는 푸른 인생도 좋다

차가운 바람이 가슴을 에이는
겨울의 혹한 속에서
내가 자주 가는 공원의 겨울 풍경은
나목이 너무 많아 쓸쓸하다
외로운 나의 처지도 겨울 같은데
나목이 너무 많아 쓸쓸하다

겨울에도 푸르름을 느낄 수 있는
상록수를 좀 심어주세요

많이 가진다고 하네

비참하고 가난했던 회한의 기억
그 과정을 거쳐
일생을 바쳐 노력한 작품을 보고
질투를 하며
많이 가진다고 하네

노년에 이를 때까지 핍박을 하여
고립되고 고갈된 삶을 이어왔는데
뒤늦은 성공을 예감하며
많이 가진다고 하네

이 세상에는
명성과 부를 가진
많은 사람들이 있는데
불행한 나를 향해
너무 많이 가진다고 하네

늦은 계절의 모기

모기들이 자취를 감추고 숨어버린 계절
찬바람이 부는 늦은 가을밤에
모기 한 마리가 앵앵거리며
방을 휘젓고 다닌다

모기를 보면서 그 모기가
내 신세와 같다고 생각한다
이렇게 많은 나이에
젊은 여자와 결혼하여
자녀를 가질 생각을 하다니
내가 생각해도 참 어이없어 보인다

너무나 늦고 어려운
내 오랜 사랑의 여정이 아련하다

하지만 저 모기도 수많은 세월을 거쳐
어려운 가운데 양분을 빨며
새끼를 번식시켜
오늘에 이르지 않았을까

어렵더라도 가능하다면
자손을 잇는 것은
미물에게도 인간에게도
첫 번째로 중요한 것이다

독신의 변명

시인으로서 작품이 적었던 탓에
늦었지만 이성으로 인연을 맺어
그에 따른 스토리를 탄생시켜
작품으로 승화시킬 마음을 갖고 있었는데
오랜 세월 동안 기구한 운명에 휩싸여
젊음이 흘러가고 독신으로 초로에 이르렀네요

그동안의 많은 세월이 흘러간 대가로
사랑의 이야기를 엮은 목적은 성공했지만
그보다 중요한 사랑의 결실을 맺지 못했네요

절반의 성공은 이루었으나
숙명적인 사랑을 이루지 못한 초겨울
이러한 운명을 맞은
나의 인생을 돌아보면서
차가운 바람을 느끼며
쓸쓸한 발걸음을 옮긴다

바램

시인으로서 나의 위치는
아무것도 누리지 못하고 갖지 못하고
초라한 행색으로 살아왔으나
당신은 문학인으로 누릴 수 있는
모든 것을 누리며 화려하게 살아왔습니다

그럴진대 나에게도
최소한의 무언가를 해주기를 바랍니다

제2부

별이 되고 싶은 사람들

별이 되고 싶은 사람들

노력 없이 별이 될 수는 없다
노력한다고 해서
누구나 별이 될 수 있는 것은 아니다
어쩌면
운명적으로 선택된 사람만
별이 될 수가 있다

일생을 다 바친 무명시인의 상실감은
말할 수 없을 만큼 클 것이다

어느 정도 이름을 획득한 시인은
그나마 다행이다

재능이 없어
오로지 다작에만 매달려
지푸라기 성을 쌓아
스스로 위안으로 삼는
가련한 인간도 있다

마음을 얻는 일

우리 인생에 있어서
누군가의 마음을 얻는 일은 중요하다

마음을 얻기 위해서는
그것이 기술이든지 작품이든지
다른 무엇이든지
그 가치나 위상을 높이는 것이 중요하다

이성의 마음을 사로잡는 일
소비자나 고객의 마음을 얻는 일
작가나 예술가가 마음을 얻어
작품을 인정받는 일
개인이나 회사가 미래 비전의
그 가능성의 기대치를 얻는 일

마음을 얻는 일은 수없이 많다

마음을 얻을 가능성이 있는 대상에게
마음을 얻고자 노력하는 것은
현명한 방법 중 하나이다

나의 인생

내 꿈의 특징은
쉽게 이룰 수 없는 길
불명확한 이미지와 상상의 성

집약적으로 꿈을 향해 가지 못하고
수많은 방황과 어려움의 길을 거쳐
우여곡절을 겪으며
서서히 다가가서 얻게 된
다수의 작품들

많은 사람들에게
시인의 길을 권유하기에는
성공의 가능성이 불확실하여
망설여진다

인생의 과정으로
충만한 행복을 얻지 못하고
가정을 이루지도 못했다

그럼에도 불구하고 빛나는
비뚤비뚤한 나의 인생

포기하지마

어려운 상황에 직면하여
포기하고 싶은 마음이 강할 때에도
이를 극복하고
끝까지 포기하지 않고 해낼 때에
이것은 더욱 빛난다

이 노래는 그대를 위하여 있는 것이며
또한 나를 위한 것이다

재능

헤르페스균은
몸속 어딘가에 숨어 있다가
사람이 아주 피곤하면
유난히 잘 포착하여
입술로 헤집고 나와서
수포를 일으키고 부풀어 오른다

헤르페스처럼 숨길 수 없는 재능은
환경이 조성되는 시점을 만나
여지없이 그 자태를 드러낸다

그 재능이 큰물을 만나면
거친 물줄기처럼
힘 있게 나아간다

오래 기다려야 익는 감

겨울을 맞이하여
붉은 감을 사 왔는데
많은 날들이 지났는데도
감이 익지 않고 그대로 있다

오래 기다려야지만 익는
그러한 감인 탓이다
오래 기다려야지만 홍시가 되어
먹을 수 있는 감이 있다

인간도 이와 같이
오래 기다려 갈고 닦아야 드디어 빛나는
대기만성형 인간이 있다

시쓰기

시를 잘 쓰기란 어렵습니다
명시를 쓰기란 매우 어렵습니다

좋은 시를 쓰는 것은
좋은 소설을 쓰는 것보다
더욱 어렵습니다

노벨문학상 수상자가
소설 분야가 더 많은 것을 보면
그것을 알 수 있습니다

그럴진대
좋은 시를 쓰기 위해서는
자신을 바쳐
희생할 마음의 준비도
해야 할 것입니다

정신적인 매력

육체적인 매력이 있는 것보다
정신적인 매력이 있는 것이
그 반향이 오래간다

눈썹 시술

얼굴 이미지의 한 부분을 차지하는 눈썹
눈썹 시술을 받으라고 하는
지인의 권유를 받은 후

짙은 눈썹으로 이미지를 일신하여
이상을 실현하기 위하여
꿈에 점점 다가가는
상상을 하게 되었다

나의 얼굴도 문학작품도
좋은 형상화와
이미지 구축이 필요한 시점을 맞이하여
눈썹 시술을 받았다

자식 없는 사람들

자식을 낳은 사람들은
인생의 종말을 맞는 것에 대한 반향으로
영속성을 잇는
심리적 성과를 이루었다

하지만 다양한 요소에 기인하여
많은 사람들이 무자식의 인생으로
선택하거나 귀결된다

잘못된 직업의 선택으로
얼마나 많은 사람들이
이룰 수 없는 사랑의 꿈에
아파하고 좌절했을까

인생에 대한 회한으로
기구한 가족사에 기인하거나
삶에 대한 비애와 반감으로
독신을 선택한 사람들도 있다

밤

진한 정액 냄새를 요란하게 풍기며
너들거리던 밤꽃

기구한 여인의 잉태와 출산의
그 과정인가

그 꽃으로 인하여 생긴
열매도 남다르다
열매를 둘러싸고 가시가 생겼는데
작은 새끼 열매일 때에
가시의 힘이 약하다가
열매가 점점 커지고 익어갈 때
가시도 강해진다

열매가 익고 밤껍질도 단단해지자
더 이상 보호할 필요가 없어졌는지
밤의 일부는
가시로 덮인 덮개가 벌어져
열매를 토해낸다

폭포

더 높은 꿈을 향해서
낮은 곳에 떨어져 내려
한없이 머물렀던
지난날의 행로

높은 절벽에
강렬한 물보라의 낙하
산산히 부서지는 물안개를 바라보며
생각에 잠겼다

문학인으로서
폭포를 보고 있는 나 자신의 상황은
폭포 아래 어딘가에서
이무기가 용이 되어
하늘로 승천하기를
기다리고 있는 것과 같다

영감

시인이
영감을 얻을 수 있는 대상을
쉽게 찾을 수 있다면
그것만으로도 능력자이다.

어디에 숨어 있는지 알 수 없는
영감의 세계

오늘도 영감을 줄 수 있는
그 대상을 찾아
체계적인 기준도 없이
헤매어 돌아다닌다

죽음을 선택하는 사람들

거제의 높고 아름다운 전망대 아래
개인용 차량 한 대가
길가의 펜스를 뚫고
높은 바위절벽 아래의 바닷가로 떨어졌다

네 명의 남성들이 함께 죽어갔다
각자 다른 지역에서 거주하는 이들은
인터넷으로 죽음을 모의하여
인생을 비관하며
죽음의 장소를 선정하여
함께 죽어갔다

나 자신도 일생을 통하여
죽음의 충동을 수없이 느꼈지만
아직도 살아 있다

현재도 신의 뜻을 어기고
죽음을 선택하는 사람들이 존재한다

해바라기

무언가를 바라보며
지극정성으로 최고가 되기를 바라거나
누군가를 추종하는 현상이 있다면
그것을 상징하는 것이 해바라기이다

뜨거운 계절에 꽃으로 피어나
뜨거운 태양의 기운을 온몸으로 받아
오랫동안 결집의 현상으로
기름진 해바라기씨로 영글어
그 결과를 보여준다

사후에 조명받는 어떤 예술가

사후에 자기가 조명받고 있다는 것을
알지도 못할진대
생전에 인정받지 못한 예술가는
슬픈 존재이다

생전에 비참한 생의 몸부림
그 흔적이 남아 있다
어두운 분위기의 시절을 지나
치열한 색감의 잔치
꿈꾸고 추구하는 심리적 이상향의 변형

오랜 세월이 지난 지금에도
그의 명작들이
많은 사람들에게 영향을 미친다

문학작품

어떤 작품은 바닥을 치고
어떤 작품은 대박을 친다

어떤 사람은 무시를 받고
어떤 사람은 박수를 받는다

일생을 다 바쳐 찾고 정진하여 노력하여도
무명작가로 허망하게 죽어가는 인생이 있고
한두 번 영감의 절정을 맞이하여
일생일대의 명작을 남기는 사람도 있다

하나의 작품이 일시적으로 대박을 쳤다가
명성도 잃고 연기처럼 사라지기도 하고
한두 작품의 성공으로
영원히 기억되기도 한다

돌고 돌아 굽이굽이길
울고 웃는 문학작품

작가

새는 고운 소리로 노래하여
자신을 알리고
공작은 아름다운 날개를 펼쳐
자신을 뽐낸다

가수는 노래를 불러
많은 사람들에게 인기를 얻고
작가는 작품으로 말한다

당신은 작가로서
작품이 아닌 그 무엇으로
자신의 위상을 높이려고 애썼지만
애석하게도 실패했네요
당신의 사회적인 위상과 지식을
내세우려고 노력했지만
세상에는 각계각층의 전문가가
어디에나 있습니다

작가는 좋은 작품으로
자신을 드러내어야 인정받습니다

반복

텔레비젼을 보다가
어떤 노래를 들으며 잠이 들었는데
똑같은 노래의 구절을 부르는
소리가 들려
새벽에 잠이 깨었다

세상살이는 오늘과 같이
수많은 반복경험을 하며 살아간다

비슷한 식사를 수없이 하며
매일 밤 잠을 잔다
비슷한 일상을 수없이 반복하며
노래를 좋아하는 사람은
인기 있는 대중가요를
수백 번 계속해서 듣는다

일생이 이와 같을진대
자신에게 적합한 것을 선택하여
반복을 통해 이상을 추구하고
반복을 통해
인생을 즐기고 불태워라

목련

길가에 떨어진 꽃잎은
역사에 남은 큰 인물처럼
목련의 커다란 꽃이
유난히 눈에 띄어
마음속에 오래 남는다

벚꽃

민주주의의 상징인 국민투표 용지처럼
작고 수많은 꽃잎의 손짓이
저처럼 아름다움을 연출하다니

한 국가의 정부는
국민의 지지를 받는 것이 중요하듯이
꽃은 대중의 사랑을 받는 것이 중요하다

작은 꽃의 수많은 결집
그 화려한 몸짓에
수많은 사람들이
벚꽃을 보고 즐기려는 행렬에 동참하여
오늘도 끝없이 몰려든다

선택

우리들의 인생에 있어서
이것도 저것도 좋은 선택이라는 생각이 없을 때
선택을 하지 않음으로써
그 자체로 최악의 선택을 하는
인간이 있다

제3부
닮은꼴 여인

닮은꼴 여인

그대는 나와 닮은꼴 여인
일찍 문인의 길을 동경해
성공의 가능성을 알기 어려운
모호한 길을 스스로 선택한
용기 있는 여자

문인으로서 자신의 자질을
잘 알지도 못한 채
다른 길을 찾지 않고
꿈을 먹고 사는 여인이 되어
금맥을 찾는 것처럼
무언가를 찾아 헤맨다

현실적인 일면에서도
집중력이나 독한 측면이 부족한
그대는 나와 닮은꼴 여인
나와 인연의 길을 기다리고 있다

그대의 자질

그대는 나에게로 다가오기 위해서
나처럼 나이가 많은 시인하고
결혼을 했네요

그대는 작가로서
책의 홍보 무대에서 결혼을 알리고
계속해서 발간되는 책의 내용에
나를 지향하는 자신의 심경을
은연중에 표현했네요

그대는
연령 차이가 많이 나는 사람과 결혼함으로써
가족들에게도 주변 사람들에게도
많은 충격을 주었습니다.

연령 차이가 많이 나는 부부임에도
자연스럽고 조화로운 결혼생활을
오랜 세월 동안 이어왔습니다

작가 부부로서 그런대로 괜찮은
커플이라고 생각되어요

그대는 나에게로 다가올 수 있는
충분한 자질이 있는 것 같아요

그대의 흑역사

그대의 작품세계를 인터뷰하는 장소에서
밉게 나온 사진을 남겼네요
여지없이 기억 속에 각인 될
당신의 흑역사입니다

그러나 그것을 안타까워하지 마세요
작가에게는 외모로서의 어필보다
정신적인 아름다움을 드러내는 것이
더욱 중요한 요소이기 때문입니다

사진

사진을 잘 찍지 않는 나로서는
그대의 사진을 보고서야
한 사람이 이렇게 다양한 모습으로
보일 수 있다는 것에 놀라워했다

누구인지 알아보기가 힘들 정도로
차이가 났고
촬영기구와 환경 그 기법에 따라
화장술이나 성형수술처럼
놀라운 변신을 할 수 있다는 것을
알게 되었다

각기 달라 보이는 그 사진 속의 인물이
동일인이라는 것도 놀랍고
같은 사람의 마음이 담겨져 있다는 것이
신기해 보이기만 합니다

그렇지만 변하지 않는 것은
이 모든 사진이
여전히 그대라는 것입니다

선망하거나 필요로 하거나

누군가를 선망하거나
무언가를 필요로 하게 되면
자연스럽게 자신과 밀접한 관계로
그 마음이 다가가게 됩니다

그대에게 나 자신의 존재는
거리감이 느껴지는 대상이기도 하지만
한편으로는 반짝이는 선망의 대상으로서
현실적으로 필요한 풍요로움의 희망으로서
매력적인 요소도 있을 것입니다

거리감이 있는 대상이라 할지라도
선망하거나 필요로 하는 요소가
거리감을 상쇄하고도 남음이 있다면
인연을 이어갈 수도 있을 것입니다

그녀를 향해 가는 길

그녀를 향해 다가가기 위하여
파주출판단지로 가야 하는데
제 때에 내리지 못해서
버스가 지나가게 되었다

지나쳐 가게 된 기회를 이용하여
오두산 통일전망대로 왔다
남한의 한강과 북한의 임진강이
만나는 지역에 위치한
통일전망대
북한이 한눈에 보이는 곳

북한 남자로 상징되는 나와
남한 여자를 상징되는 그녀
남과 북의 저 강물이 서로 만나듯이
우리도 만나서 좋은 길로 함께 걸어가기를
기원해 본다

그대에게 가는 길

그대에게 가는 길에
많은 우여곡절을 겪고
어려움이 있다고 하나
그대가 나에게 다가오기 위해 겪은
그 과정과 세월만 하랴

사랑의 조건이 좋다고 해서
나에게 다가오기 위하여
나 자신을 상징하는 대상인
나이가 많은 사람에게
결혼을 할 수 있는 것은 아닙니다

그대는 나에게 다가오기 위한
충분한 자질이 있고
남몰래 흠모한 그 과정이
있을 것입니다

그럴진대
심리적으로 위축될 수 있는
불안정한 관계라 할지라도
마음을 가다듬고
인연을 이어가려고 노력할 것입니다

인연

그대가 내게로 다가오는 길은
이어질지 끊어질지 모르는
희미하고 좁고 긴 길이었다

그대의 글을 읽으면
매일 마시는 커피처럼
은은한 향기가 다가오고
가슴에 붉은빛과 열기가
섬광처럼 퍼진다

하지만 너무나 늦은 시절이라
모든 것을 포기하고 싶은 마음도
때때로 들지만

지진의 재난에서
어렵게 구해낸 어린 생명처럼
인연의 끈을 끌어내어
소중하게 생각하고
연결하고 싶다

상상 속의 그녀

그대의 상황을 아직 잘 알 수 없는
상상 속의 그녀

일부분이지만 그대의 육체는
불행의 유전자를 가진 여인

그대는 아름답고 우월한 존재이지만
독신으로 흐르기 쉬운 성향을
내포하고 있다

그러한 그대이지만
우리 인연의 가능성을
조심스럽게
탁자 위의 점괘처럼
올려봅니다

마음을 내려놓을 때

지금은 마음을 내려놓을 때
잃어버린 기회를 다시 취득할 수 있을까
그녀에게 부족한 면이 있더라도
자신을 허용하자

숲의 새소리에도 긍정의 의미가 포함된
화합의 인사를 보내자

지금은 마음을 내려놓을 때
기회를 잃어버렸다고 생각하고
나에게 마음을 주겠다고 생각하는 대상은
그 누구라도 마음을 열고
받아들이자

결함이 있는 여자

그대는 결함이 있는 여자
눈에 잘 띄지는 않지만
결함이 있는 여자

그대를 닮은 여인들이 다가왔지만
자신을 허용하지 않은 과거가 있어
망설여진다

결함이 있어
남자에게 버림받았지만
눈부시게 아름다운 그대

이별의 반복으로 떠돌지 말고
결함을 허용할 수 있는
나에게로 오세요

사랑의 완성

사랑의 완성에 있어서
상대방의 장점과 단점을 모두 인정하고
받아들이는 것입니다

사소한 결함이 있어도
그것을 받아들이는 것입니다

우리의 인연이
어떻게 귀결될지 알 수는 없지만
그대의 결함도 받아들이겠습니다

늦은 결혼의 어려움

육체는 쉽게 늙어가지만
마음은 청춘에 머무르는
그러한 경우가 일반적이다

사랑할 어떤 대상이 있으면
자신이 처한 현실은 열악한데
젊어서 사귀던 이성과 비교하게 되고
부족한 현재의 입장을 고려하지도 않고
눈높이를 쉽게 낮추지 않는다는 것이다

늦은 결혼은 매우 어렵고
독신으로 이어질 가능성이
매우 높다
나 자신의 경우도 그러하다

그대와의 이별

그대는 중년이 될 때까지
자신의 세계 그 틀에 갇혀서
이성을 받아들이지 못한
고집스런 처녀예요

자신의 성을 허물지 않고
타인을 받아들이지 못한 상태는
이성 경험이 있는 여자에 비해서
상대방을 받아들이기가 힘들어요

나이가 많은 나에게는
애초에 어려운 상대였었는데
이별이 어쩌면 자연스러운 일이었어요

그대와의 인연

그대와 인연맺음으로 인해
중요한 시기에 오랜 세월 동안
암흑 속에서 고통스럽게 살아왔습니다

그대와 인연 맺음으로 인해
다른 방향의 길이 차단되었고
오로지 그대만 바라보고 살아와
허송세월을 보냈습니다

그대가 다가왔을 때에는
상황이 변해있었지요
그럼에도 불구하고
그대의 권리만 주장한다면
그것은 지나친 것입니다

남아있는 나날

초판 1쇄   2023년 03월 10일

지은이   서청영원
발행인   김재홍
교정/교열   김혜린
마케팅   이연실
디자인   현유주

발행처   도서출판지식공감
브랜드   문학공감
등록번호   제2019-000164호
주소   서울특별시 영등포구 경인로82길 3-4 센터플러스 1117호(문래동1가)
전화   02-3141-2700
팩스   02-322-3089
홈페이지   www.bookdaum.com
이메일   jisikwon@naver.com

가격   10,000원
ISBN   979-11-5622-783-0 03810

문학공감은 도서출판 지식공감의 인문교양 단행본 브랜드입니다.